如果敵人來了。

麥田新世代23

如果敵人來了

作　　者　孫梓評
繪　　圖　黃郁欽
責任編輯　羅祖珍

發 行 人　陳雨航
出　　版　麥田出版
台北市信義路二段251號6樓
電話：(02)2351-7776
傳真：(02)2351-9179、(02)2351-6320
發　　行　城邦文化事業股份有限公司
台北市信義路二段213號11樓
電話：(02)2396-5698　傳真：(02)2357-0954
郵撥帳號：18966004　城邦文化事業股份有限公司
網址：www.cite.com.tw
E-mail：service@cite.com.tw
香港發行所　城邦（香港）出版集團
香港北角英皇道310號雲華大廈4樓504室
電話：25086231　傳真：25789337
馬新發行所　城邦（馬新）出版集團
Cite(M) Sdn.Bhd.(458372U)
11, Jalan 30 D/146, Desa Tasik, Sungai Besi,
57000 Kuala Lumpur, Malaysia.
電話：603-90563833　傳真：603-90562833
E-mail：citekl@cite.com.tw
印　　刷　凌晨企業有限公司
初版一刷　2001年2月1日
定　　價　180元

ISBN：957-469-290-6

獻給青春

遊園地

孫梓評

相較於其它文類所能提供的出口，詩，是我的遊園地。

總在飛奔的城市鏡頭下，經由時光的剪接，成行或不成行的抒情、激越、頹陳、輾轉，不自覺地自指尖流出。或許如歌，或許並不。然而又有誰在乎呢？屬於詩的冷漠，是整個時代的冷漠。人們都說：最好的年代已經過去，不會再回來。

我卻依舊私心盼望，在月光的截角處，夢遊小丑的掩護下，持握一把青春鑰匙，開啟一方星星滿天的遊園地。

空氣有些童話，小徑芳香甜美，天使藏身的森林仍有魔笛之歌，倘若，無意間你傾耳聽見相隨同流的愛與傷害，那是因為黑暗中不肯睡去的心，還喧嘩著幾朵過站不停的悄悄話。寂靜中，正準備說出一些什麼。

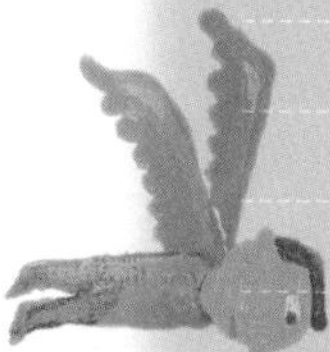

兩千年歲末，台北

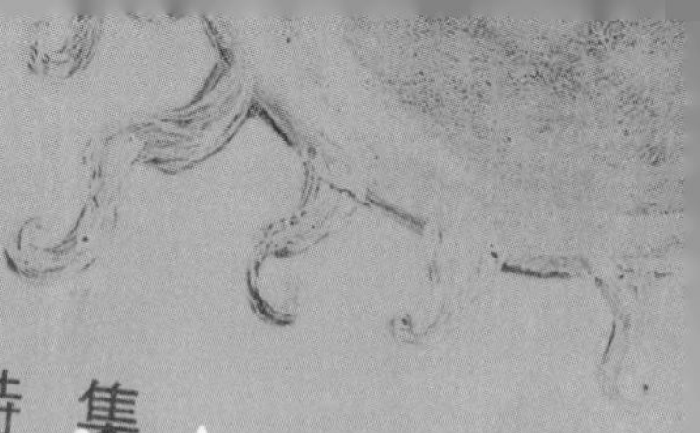

孫梓評的詩集

如果敵人來了

contents

目錄

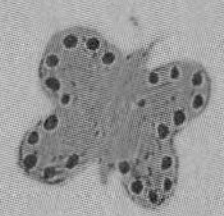

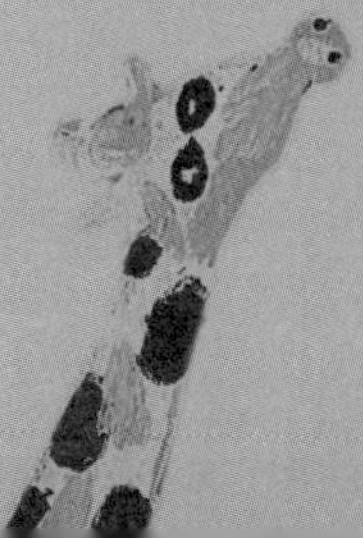

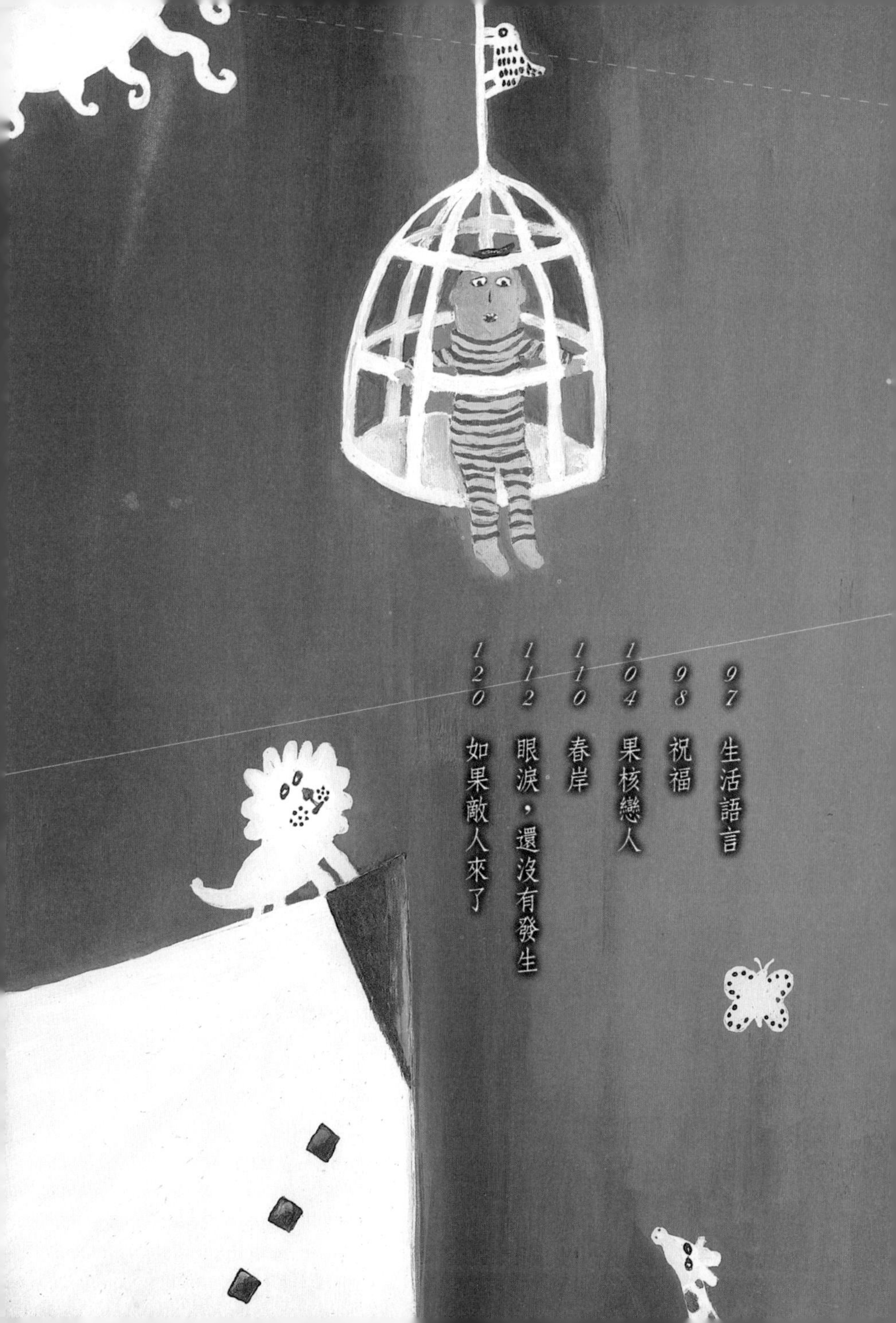

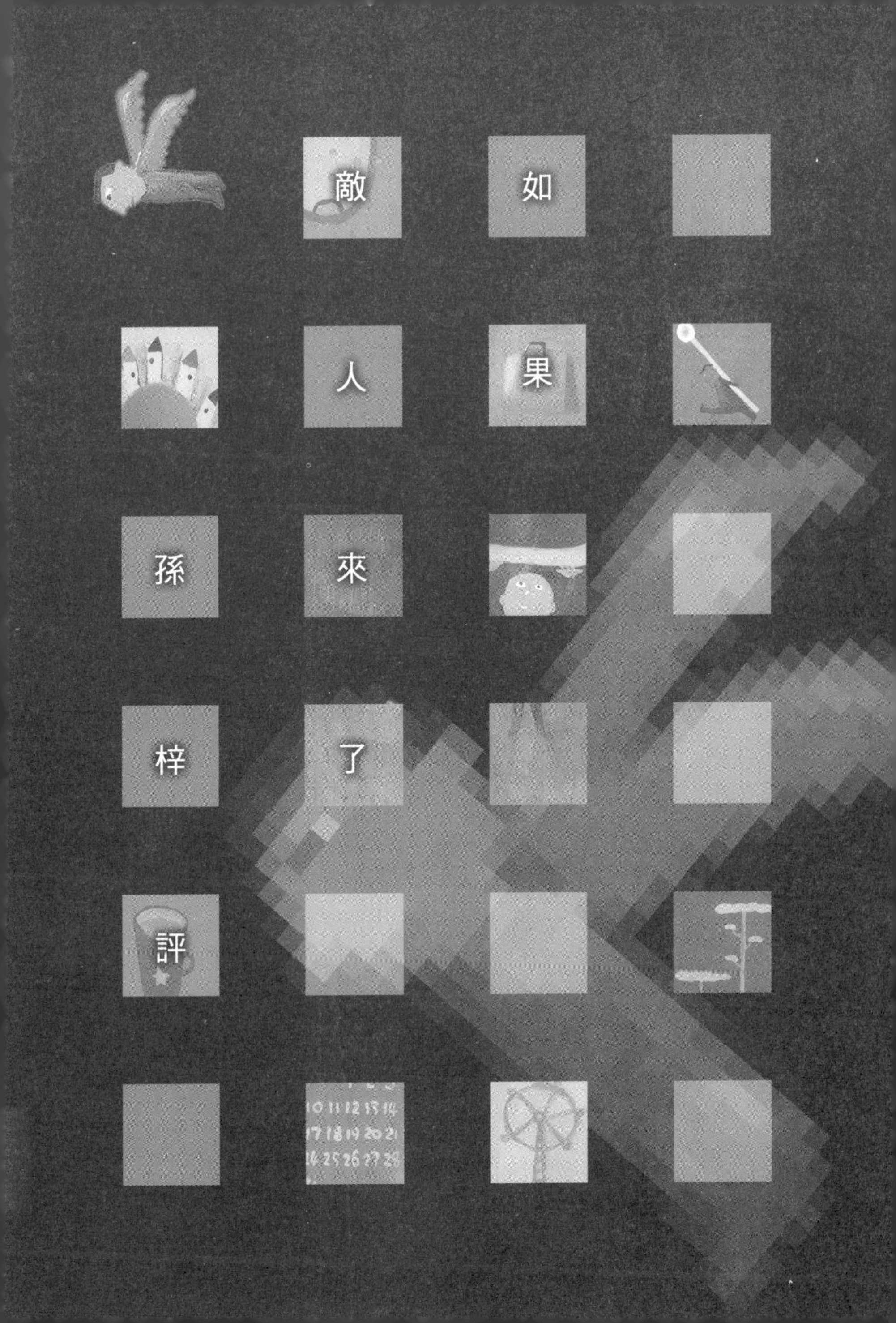
如果敵人來了
孫梓評

笑話

「說個笑話給你聽？」
城市、街燈、行道樹都在偷聽。
「來，靠近我。」
夜從窗外走過，屋內有一只鐘掛在牆上，
滴答成歌。
「注意聽嘛……」
你醉了。欲言又止的指尖撥弄我的心。
而月光，忘了蓋上被子。
「笑話很短。」
未熄的菸頭像一隻窺視的眼睛。
煙把你我遮蔽。
「我。愛。你。」

詩尾巴

悲傷與荒謬，也許是啞者最永恒的誓言。

拉鍊之歌

穿著蛋糕鞋的太陽
隨鬍子魚私奔
滿天都是剛出爐的
童話眼睛
窗口的夢旗子
已經唱起拉鍊之歌
刷地拉開，黑夜
刷地拉開，白天

詩尾巴

童話是鏡子。
我很想把另一頭的自己用力拉過來，
打聲招呼。

掛上電話

樹趴在瓦片屋頂上
冬日的陽光
把葉子曬成貓
我對你的想念是假的
然而，一點點哭泣
是健康的，是健康的

當兵時常要花好長的時間等待排隊打電話，
一隻貓卻把冬天的陽光帶走了。

角色・五首

一、女巫——寫給時光

時光的女巫在黑夜的密室中研磨著
如咖啡豆般滾動的你我
爭先恐後，走入她的蒸餾
滴淌下遺失的從前
並用失去眼耳鼻舌的臉
望向明天
女巫咧開笑臉，以指尖替代舌尖
吸吮著恐懼、虛偽和貪婪的
綜合口味

詩尾巴

有時以為每一張臉都是面具，就像，
如果每一個謊言都是真實的話，
其實真實也是一種謊言吧。
重點是：我們應該如何挑選適合自己的面具，
並且如何正確地把面具戴上。

那曾是我們身上的體液
在每一方毛細孔的開放碼頭上
走私等重的愛與罪

空氣中，寫滿空白的指紋
比黃昏深刻一點的黑夜
女巫續接起每一條斷絃，續接
我們之間的希望與憔悴
當彼此湮沒於攪拌中的湯湯水水
聽見破裂的鍋杓聲，想像
一幅吐骨的情節

才發現，女巫早已遠走高飛

而前推後擠的你我
在齒縫與齒縫的邊緣
被自己咀嚼

二．小王子－寫給成長

小王子為每一張路過的臉
注釋／翻譯／填空／照樣造句
完成一篇作文

修辭豐富的微笑於是
極具修養地掛在唇邊

他問：
「杯子和謊言有什麼不同？」
當我們，爭著用不同的字句說出
相同的可怖

白晝裡，看見無法拾撿的昨日
散落在每一處逆光的出口
記憶被心虛修改成
語焉不詳的段落
我們仔細拿捏語言的厚薄
測量眞誠的距離，用固定的表情
迎接每一次的淚水與日落

直到夜晚帶著敵意走來
死亡張開一隻窺視的眼
小王子向所有的街道說晚安
入睡之後，聽見他自言自語的呢喃：
把crown，唸成clown

三、乞丐——寫給：欲望

乞丐跪在路旁
修剪行人蕪雜的眼光
爲你我的同情或不屑測溫
再以沉默煉鑄預言的丹丸，傳述著：
「炎涼人情，小心燙／凍傷」

而我們，向未來乞討想像
向想像乞討方向
並施捨給彼此一點不安
輕輕地，用沉默的手交握
在拳指的縫隙中
流失幸福，或者承諾

我向你乞討一些字眼
因爲愛情有太多的空格
不能成篇

如果這些那些都來自
一口塡不滿的井

或許我該將自己倒帶，向生命
乞討一些悲憫。在瘦瘦的晚禱詞中
調合蒼老與年輕，然後說：
一顆星星，用不完一整片天空。
阿門。

四 美人魚——寫給失望

當她，活到性別與傷害無關的年紀
才想起自己原來是隻美人魚
每一夜，都把床頭的月光

看成海洋
而他一再索求，以愛之名
以權力以傷害以無賴
在婚姻的賭桌上欠債不還

夢中，總有他的大手
栽種著，在她睡去已久的子宮裡
栽種著一些什麼

原來，眼淚與海水

都是她最熟悉的鹹度
孩子們無辜的眼神如海底魔女的利剪
剪去她申辯的舌尖
剪去自由剪去溫柔剪去信心剪去耐性
她沉默，將自己初生的雙足站成一株植物

一無可剪之後。才發現：
當初，他殷勤栽種的
是一個日益肥碩的痛

五.無名氏——寫給流浪

當我們漸漸、漸漸習慣
一張小狗的臉
公車正行駛在最午睡的路段
音樂自你耳裡滿溢出來，滲過窗口
你在夢裡蓋一間廁所
然後，攜帶倉皇的秘密下車

你走過街的兩岸被城市淹沒
用目光垂釣招牌。氣味。路人甲乙丙丁。
一條狗。你與狗對望在鏡子的兩側：
汪汪（別來無恙，沒想到在這裡相遇）
汪（最近忙些什麼？生活裡除了忙，沒有別的）
汪汪汪（其實我離開自己好一陣子了）
汪汪汪汪（啊，綠燈亮了，那，再聯絡）

汪汪（就這樣，拜拜，一路平安）
兌換過情緒的面額，你在青春的下一站
上車。倚著窗與生命對望。看見廁所——
滿街人潮都在夢中排泄自己
將昨日新陳代謝，分裂出新的秘密
而你醒來。

讓我們，漸漸習慣小狗的臉
學會新的語言，在每一個過站不停的
夢境中。問候靈魂：
「關於，最眞實的角色？」

兩人世界

他在想念，她在流淚
他在奔跑，他在沉睡
她在敘述，她在起飛
他在生活，祂在慈悲
牠在遺忘，他在書寫
她在落幕，祂在熱烈
他在旅行，牠在制約
祂在上吊，他在喝水
他她牠祂，動詞世界

詩尾巴

愛是和諧，愛是拉扯。
在所有複數的故事裡，
因為那些美麗的破壞或寂寞的咀嚼，
都有一份不得不如此的癡心。

藍小孩

海豚在他的腕上游泳
夜裡，劃出一片時光海洋
他在風中向樹呼喊
波浪的名字
是因爲深深想念
某年某月某日，一枚
曾經擦身而過的瘦月亮

我曾遇見過藍小孩，
他整個人都沈溺在一種龐大的憤怒與悲傷中，
每天夜裡，
我們反方向擦身而過，
黑暗的光是一首無言的歌。

邂逅，在一個神經質的下午

已經決定要愛你了
剛才遇見你
忘了把眼神撕開
就　黏黏地愛了

可是風一吹
愛就輕輕飄著
擺盪的心情
是我很確定的不確定

詩尾巴

總應該有一個午后是永恆的，
當生活中充滿太多快速的翻閱的時候。

沒有擁抱的夏天
雨一直下得很任性
忘了拷貝你的背影
你的背影，在雨中
好像一杯即溶牛奶

我痛痛地把眼神撕開
把牛奶喝乾
把雨聲關小一點

才發現，你走得很快
很遠

隱題詩

秋的最後一句蟬長成
天空左半臉一顆小小
的痣。好像昨夜初填上的韻
腳，在時光偷偷離去的
步伐裡被整個世界看見。
那倉皇失措的模
樣，竟與你我分手時
重疊的影子相似
好事的落葉
像迷路的蝴蝶，所謂墜落
是如此紛亂的書簡

詩尾巴

那年讀了洛夫的隱題詩，心裡有很大的震撼。
原來，詩可以是一種技術，
並且透過技藝的鍛鍊，使思想騰高。
那麼，在斤斤計較與步步為營的詩陣裡，
你讀出詩裡所藏的詩嗎？

爲了說出一則溫柔的箴言：
了卻愛情的背光性之後，順手
把昨日裱框成
夏日夢裡忘了關上的
天窗。而泛黃的你我將
踩在每一顆星子的肩上，安靜地
死去

咖啡海

下過雨的午后。游泳
在眼眶海岸。游泳
融化後的日光與眼淚。游泳
溢出生活的杯緣。游泳
咖啡色的。游泳
我以爲是的出發。游泳
你卻伸手拭去。游泳
游泳。游泳
最後剩下。游泳
一尾漸漸失重的自己

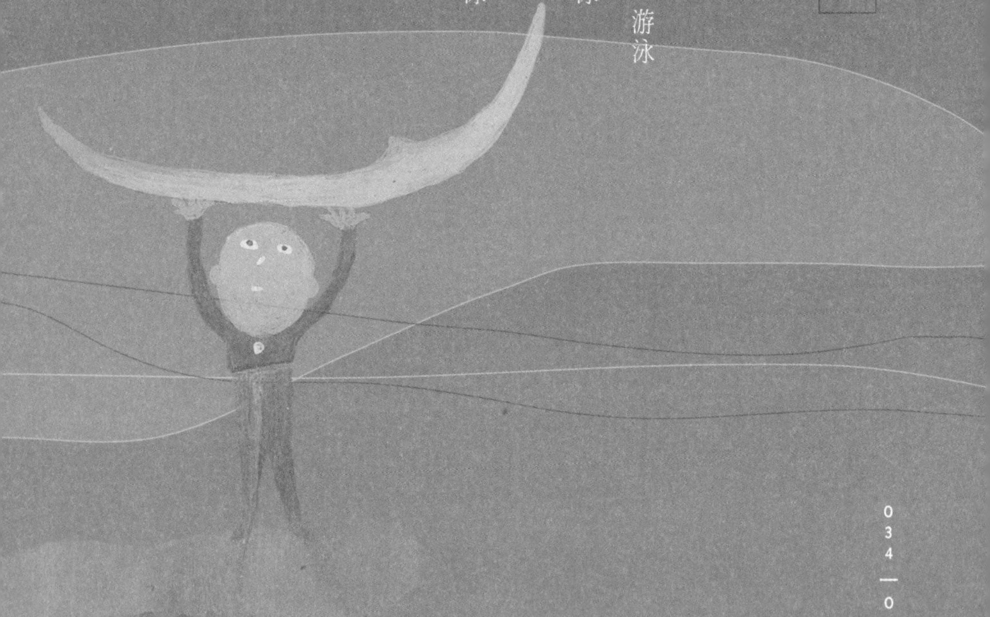

詩尾巴

咖啡癮發作的時候，
世界沉淪成一面海。
我必須找一座沉默島嶼，
才聽不見欲望的震耳欲聾。

怪手

當我已然睡熟
時光便來拆卸我的夢境
拆卸眼睛乳房和陰莖
我只好彎下腰去
撿起悲傷的零件
和快樂的解體

你不覺得奇怪嗎？
我是說，時光好像一直在搬運著什麼。

情節

在巧克力薄餅尚未背叛我的年代
我仍習慣去攪拌深夜的頻道
喝下音樂裡有情緒的畫面
比出門時鎖兩道門還來得簡單

我以略帶寂寞的口音偽裝
在由十四樓下降的電梯中咳嗽
並且重複呼吸著自己的細菌
這豈不是，與思念有某種程度的雷同
我以略帶復仇的眼光

詩尾巴

那年冬天，我在自導自演的寂寞中，
把遠方攏聚成一扇打不開的窗。
詩，是唯一能代替我敘述的秘密情節。

在沒人，像袋鼠媽媽般擁抱我，的正午
　　旁觀鬱金香的偷情事件
隔著玻璃（她站在桌上踮起了高跟鞋）
與陽光擁吻後婀娜成肆無忌憚的裸姿
　　冬的手掌撫愛著
我於是認真地研究起背德的幾何關係

我以猶帶體溫的指尖閱讀你孤獨的
　　行數，你情感風化後的骨灰
遍撒在不夠穠稠的夜色的紋路裡
　　尋找詩的獨步的昨日
輕輕，你忘了張開的眼睛

在年月的縫隙裡滑去，長成一尾
懂悲懂喜的魚
在鏡前，看著自己眼裡長滿了憂鬱的
黴菌（像極了咒語）

我只好試著學習猜謎的舉手方式
在忘了點燈的情節中
不願意把愛等分的協定
一再覆誦，引給
滿空無法睡去的星

兒童樂園

在星星和燈火之前
你究竟看見些什麼呢
世界，我們的大遊樂場
黑夜用自己開啓夢的密碼鎖
每一扇門後
都站著提供淚水的小丑
開門，你遇見兒童樂園

事情是怎麼發生的我已忘了，
可是有一段時間我一直認為自己就像小丑，
你知道的，小丑的造型是嘴角微笑、眼角淌淚，
矛盾的情緒中我生活著，
希望能找到一個真正快樂或和平的地方。
我始終沒有找到，卻發現眼淚是一扇門，
會通向一個自己也不明白的答案。

遇見走私的童年
購買入場劵即附贈華美的遺書
親愛的，請在簽名欄上落款
不要介意不完整的冒險

那旋轉木馬的大手
同時調撥時光的長短針
由最初的驚嘆漸層成
最終的遺忘

年輪的紋路與木馬的跑道
有著異曲同工的模樣
而你跨騎馬上，鶴髮童顏

在生活的碼頭旁
你登上海盜船
股票　稅金　貸款
哦，形形色色的風浪
政治　謊言　背叛
那擦身而過的冷氣團
忽起乍落的眞實人生
像一場句讀分明的模擬作戰
雲霄飛車在規則中不規則迷路

過勞的衝刺，過猛的期許
過長的拖曳。列車上
你忽然想起愛情
在黝黑和明亮的洞口出入
希望和絕望比賽正反的方式
如多年前預習已久的迷藏

在起點和終點之間
我們走失了一些什麼嗎

摩天輪上，層層上升的
少年青年壯年
你看見更遠的更遠的城市

緩緩下降的中年老年晚年
濃縮的生命比例尺
你只好赤裸在恐懼面前

看守童年的長工伯伯
忘了轉動，只留下
報廢的小木偶、白雪公主和米老鼠
在你荒蕪的記憶墓園前
來回踱步

你嘔出一盤棋局將殘的夢境
走出兒童樂園

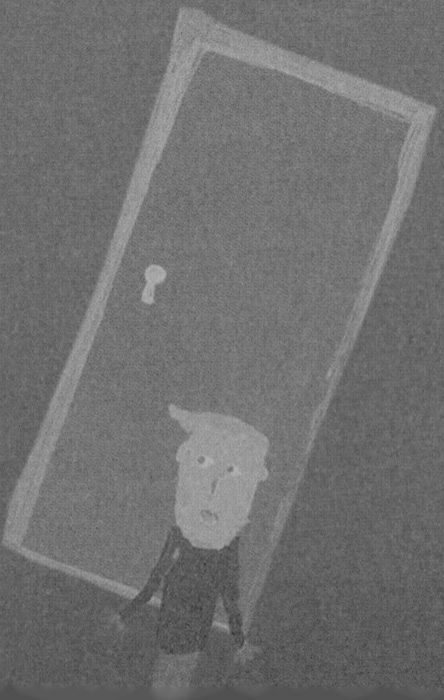

我看見一抹抄襲的背影
用大麻和門外兜售童話的人
以物易物

給我一只乳房

三樓的浴缸裡，養著我的女人
每天，她用嘴巴咬住窗外的月光
以爲這樣，就能飛翔

愈來愈冷的時間，浸在我的眼眶裡面
眼眶是我的浴缸
女人說：夜深了，別四處閒逛

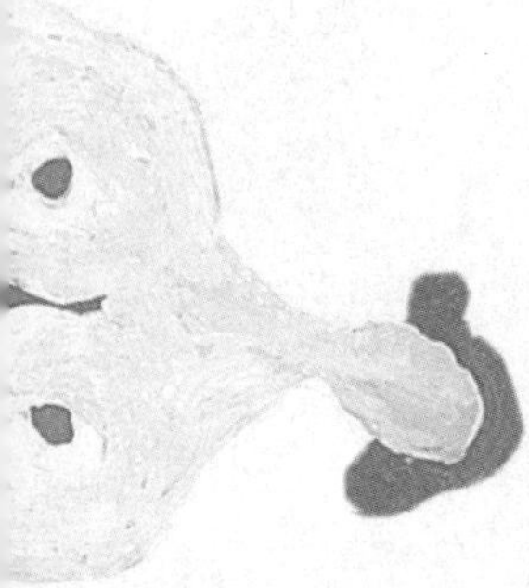

詩尾巴

愛情裡的豢養與權力的配給是很難說的，
有時並不需要那麼多的政治正確，
就只是在討論愛情的依賴和脆弱而已，
真的。

我拿著手上的棉花糖，把童年舔乾淨
女人緊緊抱住我，吻我，對我說：
天將亮，夜未央，給我一只小小的乳房

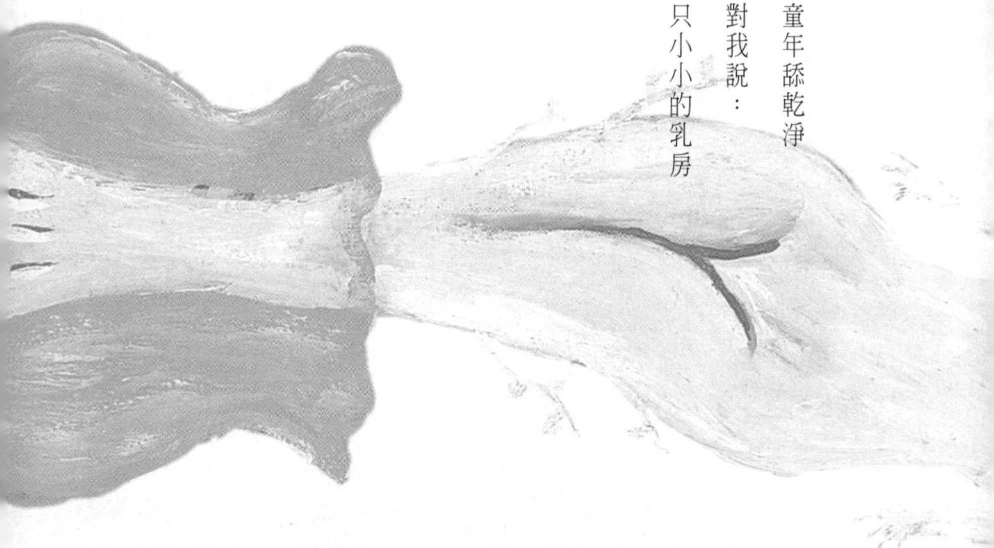

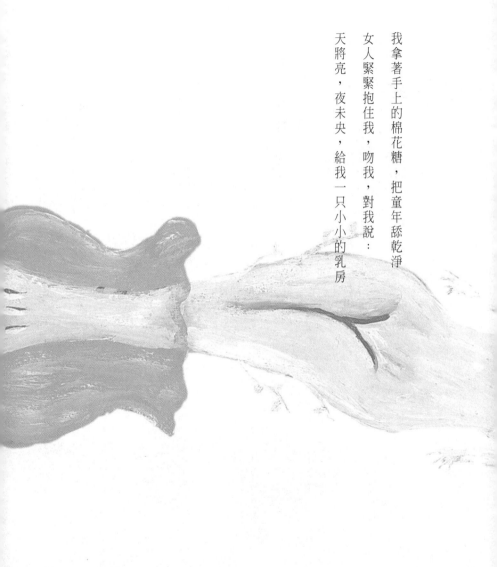

香水誓言

浴室，用以搓洗積垢的昨天
記憶的垢塵在頸間肥沃如
每一則種植愛情的版面
而我沐後獨坐桌前，寫下
香水誓言
「每一寫於腕上的肢解
都飽滿出憂傷的香甜」
以此喚醒沉睡已久的思念

你忘了帶走的那一天
貯藏在我隨身攜帶的雙眼
「香水」你說，「當作紀念」

一直想知道文類的不同對於思想的文本會造成什麼差別，
一個衝動的夜裡我做了這個實驗，
於是有了新詩版香水誓言。

我默默嗅聞無心的氛圍
閉眼。墜入臆測的深淵

秘密被裝入香水瓶中的彼夜
冰涼的除了空氣，還有試探
你低溫的眼神閃出詢問的光
赤裸了我諸如此類的防備和欲望
瓶中猶漾著一波波我們的低語
微寒的擁抱和一個
單薄的吻
打開瓶蓋便聽見

你喧嘩又安靜的唇緣
收留了我無味的怔忡
（醇度的香水沒有眼淚）
我看見，你的懷中
一座城市向我走來
燈火明滅

而今我把往事摺成一紙事過境遷
香水瓶身垂下默允的雙臂
難以剪接抗議的情節
關於愛情流程的誤解
字跡模糊的香水在我的肉身上

書寫：
「褪色乃新主義的逃亡者
而遺忘，見證著事件」
回憶，不過是一小段意識的流浪

我在夜的身上側躺
把時光睡皺
愛情的宿醉中，遍尋
香水的行蹤。才發現
瓶身禁錮了誓言
而夜，早已舔盡一切

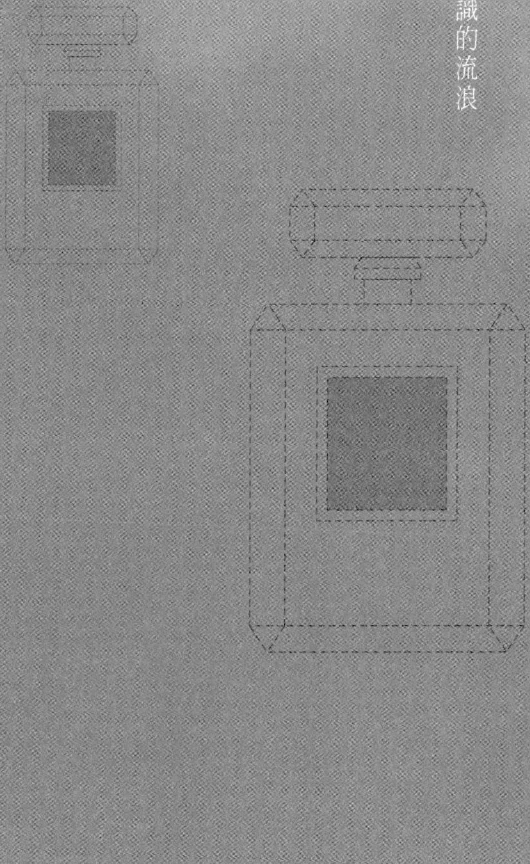

我記得

我記得昨夜我把咖啡泡成一幅米羅
所有情歌的體溫都不適合我
我記得你的微笑有一種距離
用十雙筷子也夾不起你的眼睛
我記得向日葵裡住著一盞燈
點亮了黑夜與白天的片段夢囈
我記得你要去採購秋天，忘了帶錢
我數給你五十五個硬幣

詩尾巴

好像是張愛玲說的：
因為記得的事情只有一點點，
所以記得特別牢。

我記得生活的軌道一直很直
沒有叉路沒有側彎沒有紅綠燈
我記得你願意和我交換一隻耳朵
好竊聽住在彼此心裡的精靈
我記得我曾掉過淚
那是日記十月十日第三行第五個字

我記得思念像一道公式
在海浪雪白的手掌之中重複
我記得夢裡預演過一場葬禮
要埋掉青春埋掉愛情埋掉你

我記得髮稍住過一首詩
上面有烏黑或反白的歲月鉛字

我記得每一道沒辦法作答的謎題
用心焦回答用微笑來代替
我記得我記得的事情
也想忘記卻常常不小心就想起
我記得回憶對我發出通緝
小心獨處時身旁景物的哀憫
我記得左手和右手放在一起
擁抱自己的感覺很甜蜜
我記得我忘記的事情
那是遊戲是說謊常常出毛病
我記得我曾愛過你
話就說到這裡

睡前・五首

一、路燈的獨家報導

你遠遠走來伴隨著身旁來來往往
成雙成對的乳房，而街角的男人
用領帶束住脖子和生活
一到黃昏，街道們就紛紛不能自己了起來
你買了份晚報，句讀著一整天裡
最完整的斷簡殘篇
公車用遲暮的腳步走來
一如你用後青春期的眼神

詩尾巴

城市是我相當迷戀的一個主題。
而入睡後的世界會不會也是另一個看不見的城市呢？
在兩種城市身不由己地接觸之前，
應該有一首遙遠之歌，
是忙碌的現代生活中所遺漏的。

還記得歌詞的人，是罪人。

預約中年

你轉身，讓眼角游出的魚尾紋
縮寫一天走過的路
但我總禮貌性地保持沉默（不刺穿你的心事）
當你與一千個陌生人擦肩而過
你們此刻的交織穿梭
留待多年以後，成爲一則心情考古學

你低下頭，數算距離與距離的種種
走進第三條巷子第二道小弄
一日又逝，夜取得發言的席次

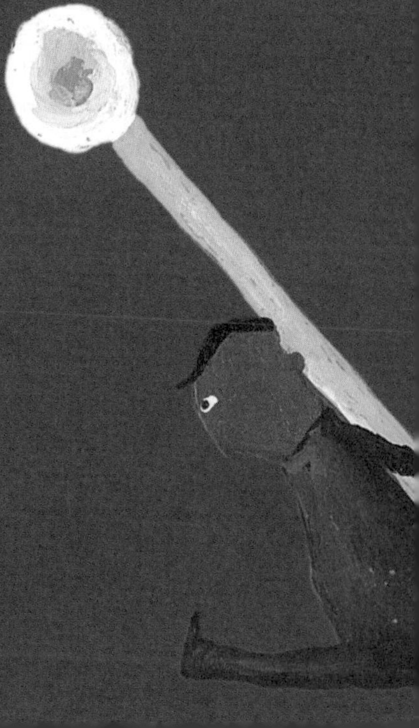

我在你的背後瞬間亮起
像一枚神經質的尖叫

二、餐桌的茶餘飯後

你進門，咕咕鐘在牆上和你肚子裡
同時發出了鳴叫
公車始終是你和早餐的第三者
經理的冗談是午餐的秘密殺手
你先和蘇打餅乾調情之後
決定和一盞燈
共進晚餐

等待成為我的日常功課
並且在你和世界無言相對時
適應你營養失調的嘆息
與深情款款的咳嗽
我噤聲，調整微笑的角度
想告訴你：
「棒極了，而且還會更好」

然而你總是懶於咀嚼生活
拒絕消化寂寞
憂鬱凝成一顆小小的腎結石
虛無的胃袋漸漸漸漸
潰瘍

你俯身乾嘔出穠稠的昨日

我叫那盞燈把眼睛閉上
一整夜，獨自吃完了晚餐

三、電視的閨怨數椿

脫下襪子和情緒的動作一起進行

溫存過沙發，你伸出欲言又止的指尖
挑逗屏息等候已久的我

你用C大調、四四拍的鼾聲冷落我
你快醒醒……（刪節號代表心酸）
醒來換掉穿了一天的辛苦
（也許襯衫的左胸口沾了一滴路不拾遺的快樂）
你醒來，進浴室去洗刷別人的故事
漂白耳裡的流言

我依舊在自己的房間裡，不眠不休
情婦般等待你指尖的索求

四.鏡子的情歌變奏

褪下希望和失望的外衣，你赤裸著
頸子乳頭肚臍小腹和淺睡的陰莖

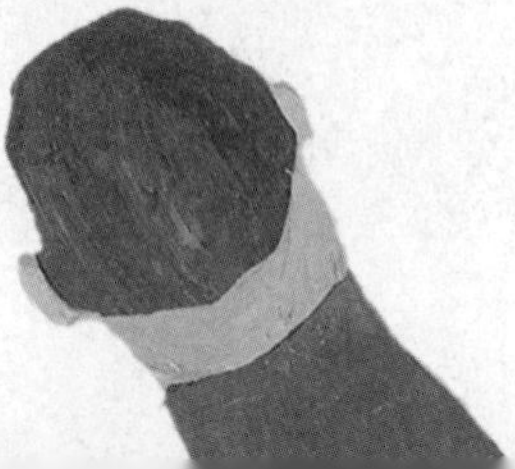

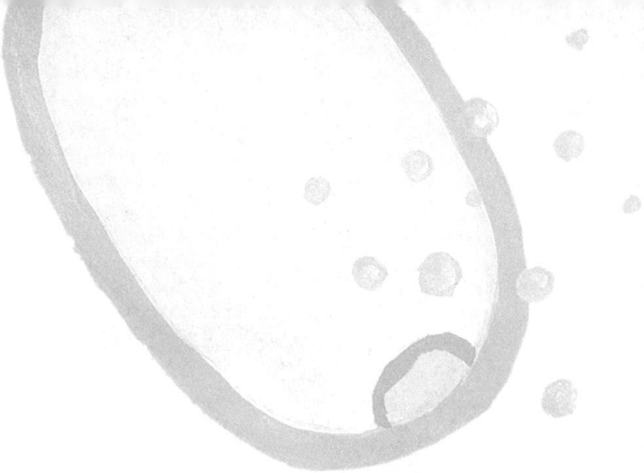

把自己，站成簡單的疑問句

你用洗面乳塗抹五官的手勢
很像白天捏塑每一張面具的程序
抿著嘴，以香皂淺淺搓洗所有的具體

搓洗所謂悲傷所謂快樂所謂失去所謂擁有
水溫驟降，你搓洗著輕輕的顫抖
直到洗滌的具體乾淨，完好如初

那些垢塵，流失一如歲月的警訊

我奮力不懈地複製著你的眞面和假面
你的骯髒和神聖，救贖和沉淪

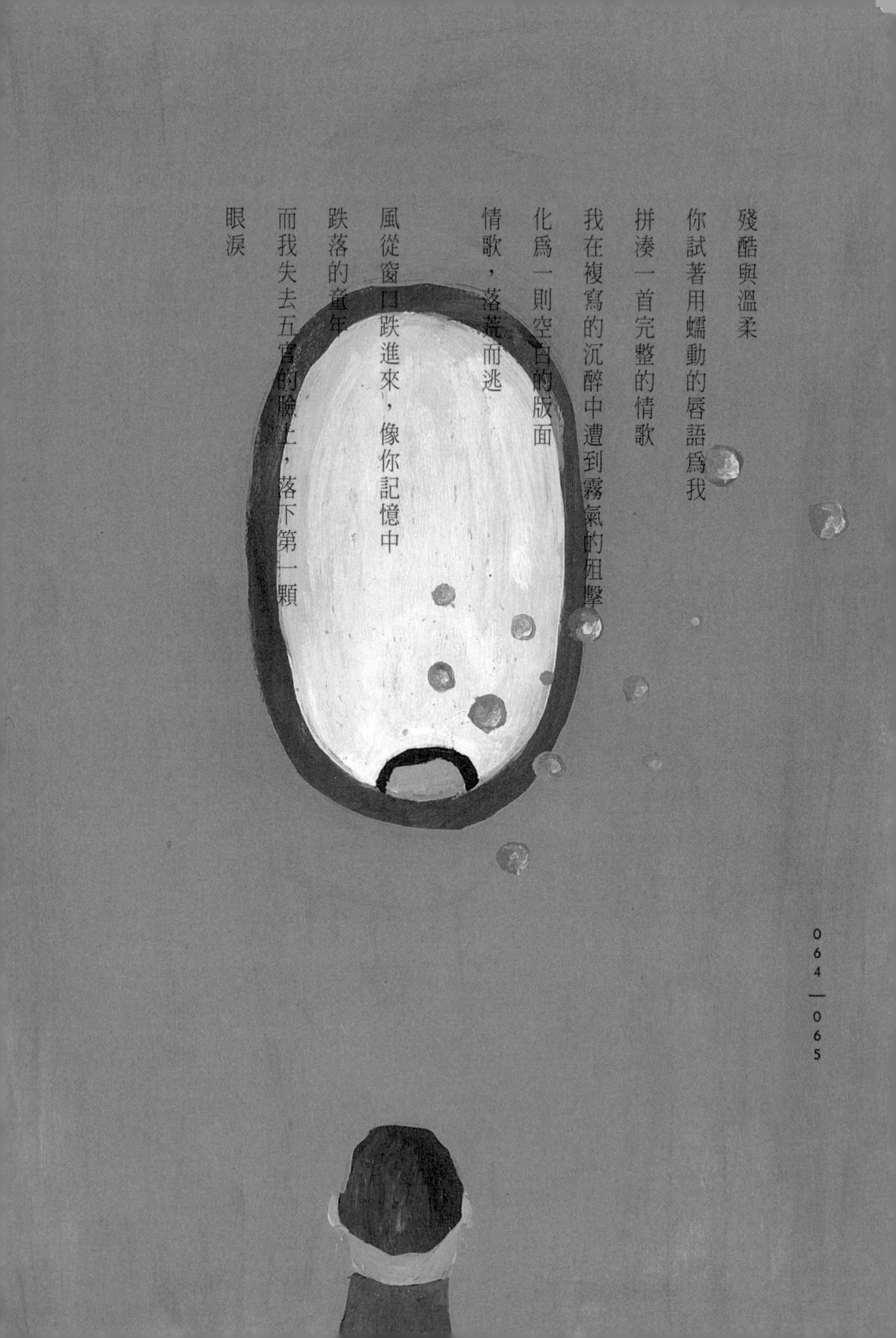

殘酷與溫柔
你試著用蠕動的唇語爲我
拼湊一首完整的情歌
我在複寫的沉醉中遭到霧氣的狙擊
化爲一則空白的版面
情歌，落荒而逃
風從窗口跌進來，像你記憶中
跌落的童年
而我失去五官的臉上，落下第一顆
眼淚

五. 枱燈的午夜留言

所有的雨點都順著風的指標
走進你的眼裡
你眼睛一閉
把世界看成一片黑暗

而我仍舊醒著，堅持燃亮一方小小的空間
你使用哀矜勿喜的眼神
拉開音樂的把手，奔騰而出的音符
迅速滾暖了每一寸地板

提筆，你對日記說話：

「關於時光——
錄音帶的時光是迴轉的，死的時光
收音機的時光是流淌的，活的時光
時光在錄音帶中長眠
時光自收音機中出走
但時光分娩了錄音器
將收音機的時光拷貝到錄音帶中
啊！被囚禁的時光」

說完你便沉沉睡去，留我
單薄著一小撮情緒

密密麻麻的時光在你嘴角分行成
濃淺不同的夢囈
你攤平的掌心有時光走下的鞋印
留你在夢的國度裡渡河
看守每一段實虛的差額

明天你仍要早起，踏在人生的階梯上
穿上各式各樣的顏色
也穿上蒐集自四面八方的眼光，或者時光

我望向窗外
打量雨落下的質感
很夜了，城市的天空一直沒有暗透

圓舞曲

是誰在彈奏著地球？
當海浪厭倦了同一種曲式的
節拍與前奏
而我探出頭去，聞見
咕咾石鹹腥的體味
相較於此
我們的愛，顯得異常新鮮

詩尾巴

想起有一次去澎湖，
看見一個十六歲的女生和她的孩子。
長長的一生或許是一隻曲子，
安靜有時，跳舞有時。

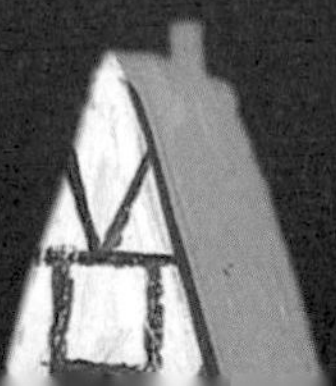

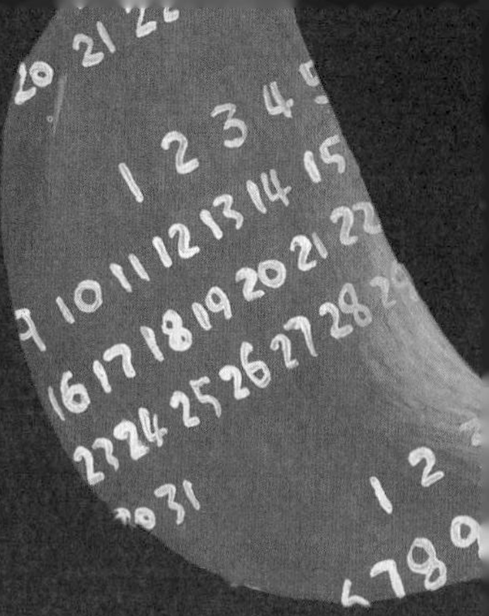

夜行

我們以沉默的刀
劃開蠕動的街道
街道是山的舌頭
從彼處伸向此處
割裂後四濺的血：
旋生旋滅的思想和憂慮
潑墨在左右兩旁
成爲，疼痛的風景

詩尾巴

從基隆切入台北城的一段，
重重疊疊的山，重重疊疊的夜。
一條掩暗的路彷彿都藏著故事。
可惜我的眼睛翻譯不出。

夏日邊界

一 日光咒語

黑暗從第一句開始，我懷抱著跳躍而生鮮的
情感，追溯陽光穿刺窗櫺前的四方形夢境
公路漫長，奔馳過無調性海洋：
（我懷抱著你蠢蠢欲動的背叛，窄隘座椅上
你無法靜靜睡去，因著另一具可能的幸福
你必須不斷刺殺自己，我噓聲要求這世界
給我一點點完全的黑暗。但我們被征伐
被困擾，被圍繞，你攤平多毛髮的身子以濕潤的唇
告訴我的耳朵：到站了。）

我懷念著變形的咀咒，知道瞬間的滅逝暗示著開窗的
必要性。我的左耳仍吞吐著短暫的顫抖
那是海洋撲滅繫連時光的公路，失色夢境淡出
我懷孕著你的唇語，直到你不再說。

二.月亮一九九八，一九八八

盈了又缺、缺了又盈的時間啊，在我的
夏日方格中排列。自下弦月的孤單開始填充
一日胖似一日的ＣＤ香水襯衫磁片電影票保險套福馬林

夏天接近句點的時候，我忽然跌進一種情緒的開始。
鎮日怔忡，漫遊在記憶的街與街之中。
不應該重覆的思考主旋律，
偶爾逸出的一小段死亡插曲，
無意中在人生的生字練習簿上破格。
活著，或許便是為了向邊界靠近。

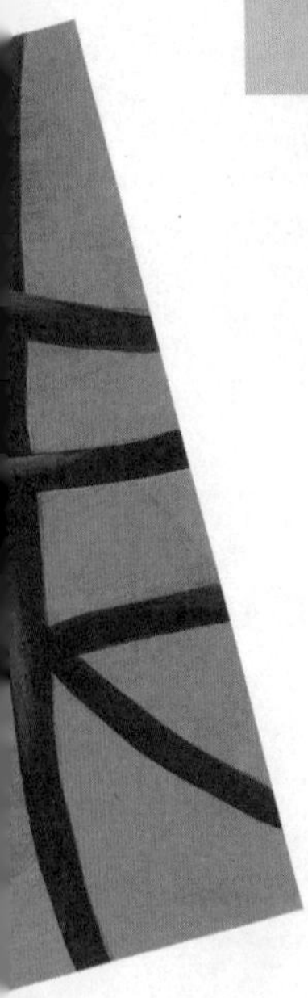

三、星星的隔夜茶

檸檬狀的想念還要更癡肥些：
（那年夏天我們開始建造一座死亡的塔。因著驟然
遠行的親人只留下一張空白的臉，別無其他。
在哭泣和惶恐的演練之後，快樂的本能甦醒。
笑笑。笑笑笑笑笑。笑笑笑笑笑笑笑笑笑笑。笑。笑。
終於，我們站在虛實相間的塔上遠眺。
我們被記憶放逐，在遙遠的體溫中
想起自己曾經熱過。滾燙，如一把初出火的劍。）
肥成一個圓的日子不遠了：我自從前飛行至今。
回憶是重重的擱淺，在朔之際，
覓一片薄薄的輕盈。

憂鬱的碎片漸漸沉澱，迴旋，如彼此
等待降落的謊言。我在槽前清洗你的茶的渣滓
像搓揉後剝落的體垢，自下水道開始
黑暗的悠遊。他們會散發等亮的情欲的光嗎？
或者，因爲太龐大如迷途之鯨，在生活的夾縫中動彈不得？
（於是你說起一次被強權勒索的經驗並想起小學時代
常常岔出格子的生字練習簿。你害怕被批改被指示
被制式。然而我們終究穿上相彷的人生制服。
對著廣大群衆練習微笑的姿勢。
說這些的時候你並沒有哭。）
隔夜的碎片漸漸拼湊，黏貼，如彼此
年輕的誓言。當大量的汗水和淚水蒸發
當我們無意中來到，夏日邊界

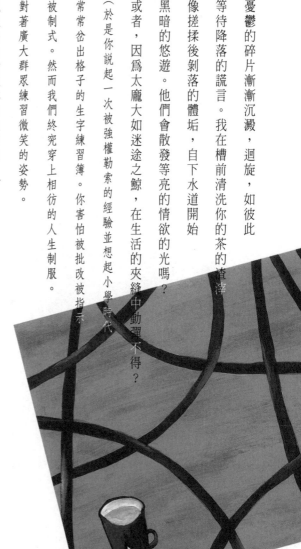

素描練習

下午茶時間
我們坐在鏡子裡喝茶
她輕輕翻閱我的秘密
因爲鏡子的關係
她也不斷地在秘密中
翻閱自己

寫給L。

多年後我們在有陽光的街角一起喝茶，
她談起近況，愈見美麗。
我知道，我們的終點站不同，
即使相同，我也跟不上了。

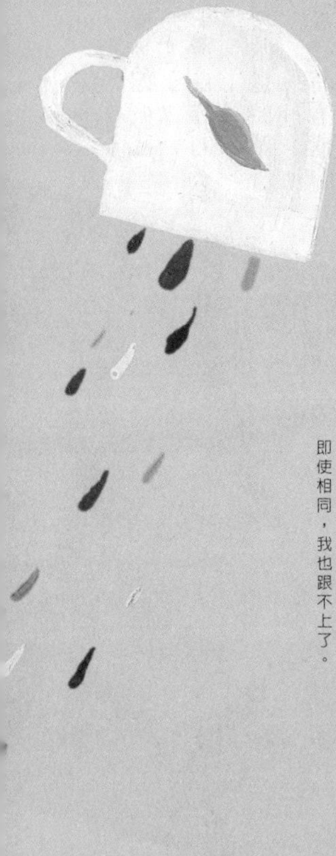

貓咖啡

每天喝下一樣的奶精咖啡，在雲的座標下
影子常找不到正確的自己
被決定的決定，像不自主的奶精咖啡
其實也是別無選擇
吟唱的手指還要出發嗎？像貓一樣尋找春天的出口
遺失了門票
別無選擇的貓，躍過第三道悲傷柵欄
尾巴上的風很暖
生活的黑白底片，在心的暗房裡沖洗
記憶不斷地顯影
貓在啜著咖啡，若不是幸福能見度變低
不打算改變

讀詩屋巴

冬天冷，我處心積慮想喝熱咖啡。
M買給我一罐熱咖啡，我很快就喝完了。
用手觸摸空空瓶身，瞬間轉涼。
人生有很多事只是一剎那，
許多時候，我們卻一再重覆演練某一個一剎那。

杯子狂想曲

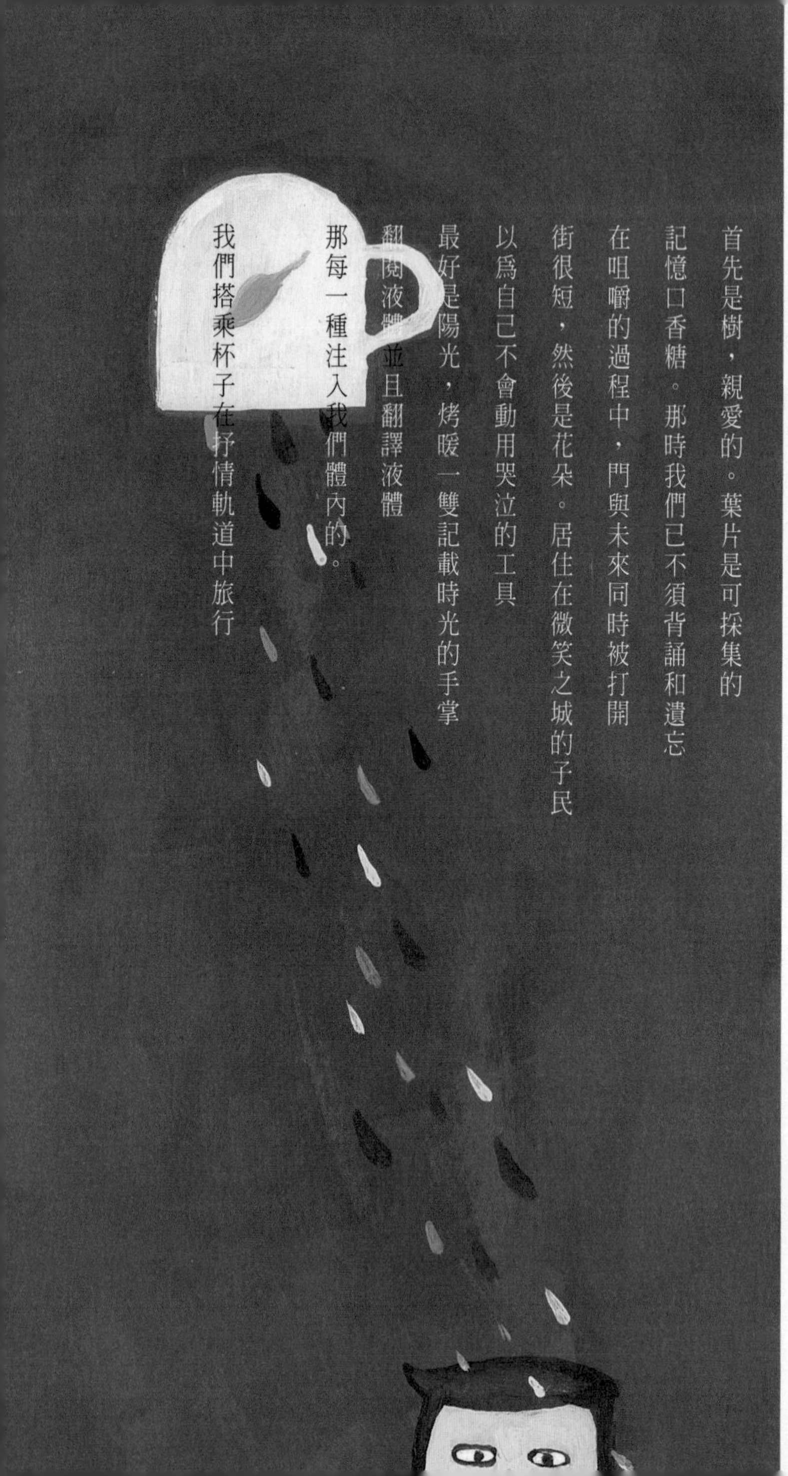

首先是樹，親愛的。葉片是可採集的
記憶口香糖。那時我們已不須背誦和遺忘
在咀嚼的過程中，門與未來同時被打開
街很短，然後是花朵。居住在微笑之城的子民
以爲自己不會動用哭泣的工具
最好是陽光，烤暖一雙記載時光的手掌
翻閱液體並且翻譯液體
那每一種注入我們體內的。
我們搭乘杯子在抒情軌道中旅行

讓杯子咖啡你的嘴唇
讓杯子果汁你的早晨
哦，盤上無意中污漬了當代最懷舊的字眼：愛
你的杯子，裝滿生鏽的眼淚
親愛的，你遙控我的眼耳鼻舌。
不分左派右派的街燈只管理前進和後退
或許還有夜晚，裹著不容辨識的顏色與身份
彼此都閃躲過性別。背叛。永恆。狂歡。

最後，祂的指間綻開一朵地球
杯子世界完全降臨
因爲我們很空，而且只懂得無止盡的旋轉

詩尾巴

我有不可告人的戀杯癖，只要看見杯子就想買。
後來想一想，
或許是因為在不可知的未來，我和杯子，
以及百貨公司頂樓的白色小馬，
都有著相同的命運。

這麼做，不那麼做

走在時光街上
衣服把我們穿出去：
不規則命運的最新剪裁
換季即改的流言穿法
改變風水私房配色秘笈
男穿著男，女穿著女
新聞穿著著歷史
相遇穿著分離

有些事情，本來就不需要理由。

路過青春巷口
語言把我們說出去：
默默無聲的愛與悲傷孿生
政治神話的首頁提示
風說著葉子與河流之歌
雨說著雲與雲的相遇
價值觀說著考慮和背離

穿越第一座糖果罐
餅乾把我們吃下去：
旅行口味的人生
攜帶擅長的遺忘的行李

以及，大量複製的身份證明
酸甜烘焙遠方和故鄉
兩款風景都經過食道抵達胃
齒間留有一點陌生人的慈悲

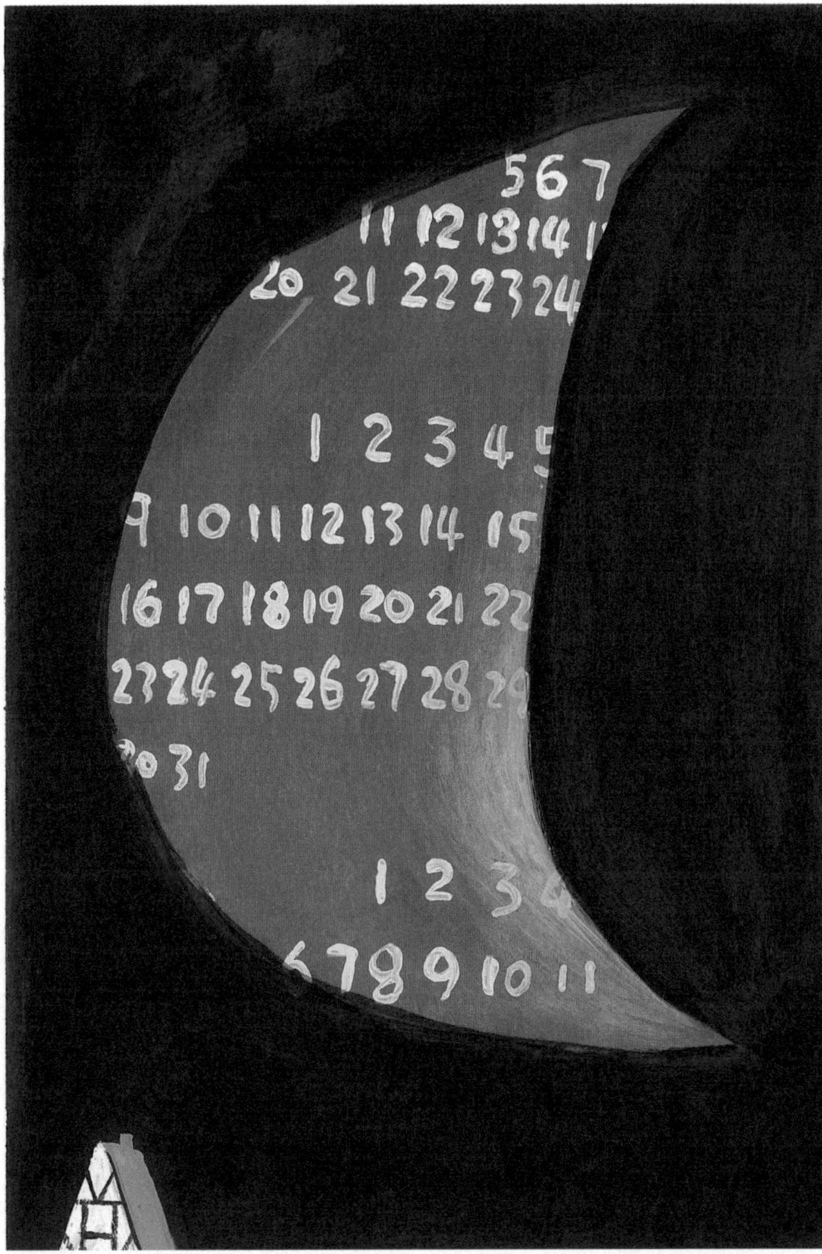
5 6 7
11 12 13 14
20 21 22 23 24
1 2 3 4
10 11 12 13 14
16 17 18 19 20 21
24 25 26 27 28
31
1 2 3
7 8 9 10 11

四季

季節輕跨過我布爾喬亞的眼神
暗示去年塞進冷藏室的心情
此刻可用德布西的調子解凍
就這樣，春天趕路而來
預言著歲月的紋路，並且素描一張可折疊的愛情地圖

旅人於是揹起喧嘩的行囊
在青春蓊鬱的平面上，掘深一口繁華的井。
因夏天的擅於躲藏，無法締造完整的意識流
垂首把嘆息搓成一枚遺憾

詩尾巴
根據我二十五年來持續不斷的觀察，
季節對一個創作者的影響很大。

才驚覺日夜跋涉的靴
早把彼此踏成付梓的傳說

只是秋的色澤太濃，不夠清淡的語言規則呼喊著
波希米亞的靈魂騰升之後，以十六釐米膠卷的質感
墜　　　　　落
棲息著像極閣翅的沉默，以無聲的唇抄寫
宿命的備忘錄

當冬天自街角邁步前來
糝灰的呢絨圍巾便是我的咒
在風的指紋裡逃亡，逃亡
裁剪過的思念無法將記憶縫補，便任由我
漬染風霜的枯骨，讓夜閱讀

在天使飛走的路口

一、天使

在我生命中不斷走過的黑夜裡
天使對我說：神在自身，藉著某一
夢境進行排列組合
形體説話。唯有穿過黑暗的
現實如小偷般潛入，質疑天使的路線圖
門，才會看見：害怕，是因為平凡
暗喻自身的創造必須，純粹

詩尾巴

因為A的鼓勵，大四那年的春天截止之前，
我熬夜寫完這首詩。
最初的印象卻是來自一部法國電影：機車小鎮。
好的電影其實就像詩，不必說太多的。

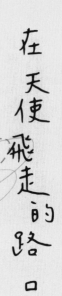

的現世生活不能滋養一個夢境
當命運繁殖成宿命
我打開夢裡的盒子
開始一場向裡面出發的旅行。不覺中
走出一個自己，化妝成天使的自己
對著所有的主義吶喊，或者
趕搭一班喧嘩的肉身列車，但死亡
面向永恆的牆，用等待的棉繩：
卻是一根要求安靜的弦，於是
牽動一句單薄的回音，直到天色漸暗
在禱告的最後，我閉上雙眼
以一種玫瑰色的緘默

二、飛翔

在我生命中不斷重逢的無刻度國境
時光自鐘面撲翅而出
生活中充滿各式各樣的逃跑
一朵隱居在眼耳鼻舌之間的
茉莉，該如何揣摩海洋的芬芳？

在飛翔的中間地帶
保持一種調味料式的清醒
不要去傷害你所屬於的
那等同於傷害自己

並且，請注意你的時間副詞，當我
已經從這一行走到
下一行。

在一個圓裡面想像，重覆，循環
背棄存在等同於背棄重量
在試飛的跑道上跌落——
我不飛，因爲我的翅膀
太髒

三. 路口

在我生命中不斷箋封的昨日裡
等待被郵寄的自己慢慢泛黃
然後，我收到你寄來的窗口：
一個疊著一個的問號。

決定上路，當指尖抽離琴鍵的刹那
天空還原成天空

在選擇題中，猶豫是不道德的
或許你詢問起記憶與眞實的異同
路口的指標持續旋轉、膨脹
我站在世代轉彎的地方

猜測，童話的下一站在哪裡停靠？
雨水卻輕輕落下，關於故事的
開始與結束，額外的傷口比想像中多
在離開之前，預期之後
一一盤點崩塌的承諾。失溫的臉。
於是明白：

在天使飛走的路口
迷路的雲靜靜背誦自己的身世
讓我在你的掌心跳舞
直到世界結束

睡在月光上的貓

樹睡著
樹的孩子也是一樣地睡著
世界上所有的貓也睡著
沒人醒著

月光醒著
只有一片薄薄的月光在天台上孤獨地醒著
醒著也就是醒著

如果能睡
那就不要醒著

詩尾巴

如果能睡在月光上，
我希望睡前先吃飽，
刷牙洗臉後再爬上月亮。
風裡的薰衣草香是時間的燭台溫柔地點燃。
燒盡了月光，太陽就來了。

就像睡在月光上的貓
從來都只有在薄薄的夜裡
把自己睡成沒人醒著的天台

M的森林

故障的時光栽種在M眼裡
夢的列車自缺角的夜景月台駛出
在鄰家少女的黑髮上靠站
一株年輕且勃發的紅豆杉啊
枝椏間掛滿憧憬的疑問句

M親手解剖記憶年輪，想起那個
綁架夏日的午後。而今玩伴被生活綁架
指間同時點燃菸草和舊事
失蹤的有：棒球。保險套。囍帖。股票。
薪水袋。鑰匙。大量的比喻。掩飾。
或者，以上皆非

蜻蜓起降。一小時後下起微型的雨
蓄木池裡M的雨靴垂釣告別的氣味
「這是開始，那是結束」
鄰家少女的辮子瀑布濺濕M的眼
左手是出發，右手是後悔
翻閱出森林與風的十種曖昧

M整理過時的行李並發表哭泣的特技
森林如書頁，字眼拔除，氣味移植，雲朵敷衍
最後一株紅豆杉孤獨地罰站
M在相思的五線譜中起飛。如鑲在天空，鄰家少女
左肩的痣，或者眼淚

有一次我在中壢受為期兩週的短訓。
昏昏欲睡的課堂上我忽然好希望可以走進一片森林。
於是我寫了這首詩。

孩子・四首

一、季風

孩子豎起耳朵
傾聽窗外路過的精靈
樹葉掉下眼淚
因爲這樣的問候
叫做別離

二、森林

孩子走近，走進
迷路之後看見
身邊一棵棵
長大的記憶

孩子，是我想像中的孩子。
真相是：所謂的孩子根本不存在
─自從我的童年迷路之後，
我不斷走進許多仿冒的童年。

三. 大火

遠方舞動著
謠言、耳語和傳說
孩子赤腳
一一踏平，並且伸手
捻亮一盞星光

四 山巒

等待。於是
一直都用
相同的姿勢
守候一個孩子
走來

想念

想念是黑色的手

把春天摺成一夜薄薄的雨
在窗外，寫下一整行
遠方的名字

直到，日光掀開書頁邊緣
你迎面走來
將我輕輕闔上

詩尾巴

被想念的一方是高興的嗎？
（被想念的一方永遠不會知道。）
（或者，在知道之後，義務性地慰問因單薄而顫抖的心？）

想念，是一種多麼殘酷的溝通。

生活語言

而今我勤於擦拭的
不再是你的淚水

我們薄薄的欲望體液
在抹布的來回之中
一行一行：
皺眉。微笑。沉默。嘆息。
擦拭，一則愛情的謊
不能留下痕跡的
生活語言

祝福

因爲山脈閱讀過我
一個體育課八點鐘的早晨
操場旁，男同學女同學沿著歲月的虛線
行走，構思一記界外球
又或者是耐力長跑呢
時光靜靜地流著
因爲想像是這樣子的
因爲記憶是這樣子的

因爲綜合大樓像一方待切的蛋糕
夾心著不同口味的知識
小吃街擁擠著三餐：我們在體育課後進食
熱奶茶和肉鬆三明治
郵局收發著新生與舊生，蓋上離合悲歡的戳記
影印中心恆常黑白複寫著
每一張考前的臉

圖書館裡，我奔跑過神話心理歷史
喘息著語言人文社會
書本呼吸著書本
頂樓的透明窗外靠岸著幾朵翹課的雲
偶然，雨滴打濕青春甜澀的夢
低頭看見，路上一對戀人牽手走過

詩尾巴

祝福那個回不到過往的自己，
找得到離明天更近的小路。

電腦教室裡列印著符號與溝通
螢幕上出現陌生的代稱
是紅色羊齒草在呼喚瑪丹娜
是流浪手風琴師在呼喚三隻小豬
指尖叩問鍵盤
鍵入對世界的關心質疑希望失落
變成一行行的眼淚和空氣

素書樓寵惠樓愛徒樓
理學院文學院外語學院
我們攤開地圖，拉長彼此之間的臍帶
在每一回楓葉燃燒秋天之後
閱讀後山的相思子花
宿舍與宿舍排排站手牽手
男孩帶回一份寂寞消夜，女孩在公共電話前
塞進一張愛情電話卡

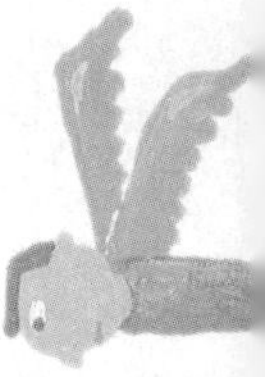

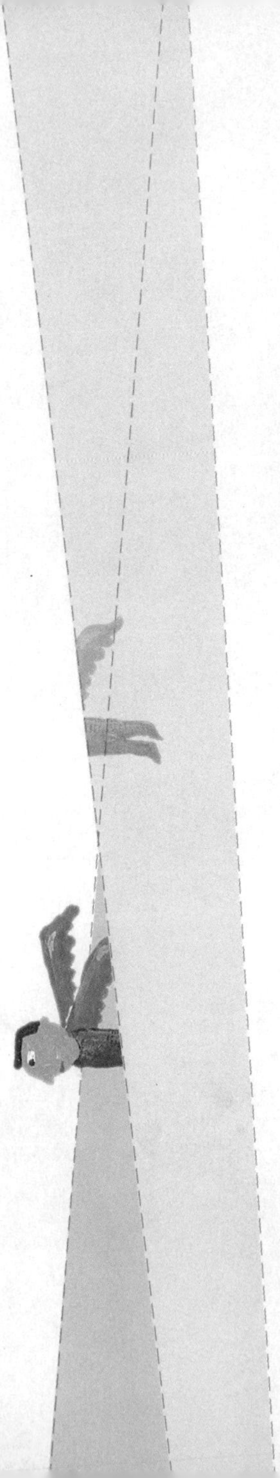

因爲陽光已經離開
月亮瘦成一枚微笑
人來人往經過大階梯經過自己
繞過大半個台北，然後飛翔起來
因爲空間閱讀著時光
因爲時光內在著我
當你不經意想起
我已寫成一句濃縮的祝福

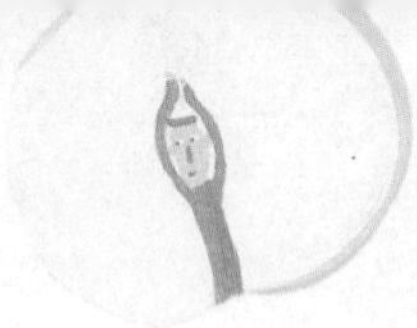

果核戀人

當我的手，逗點過你的手
夜的汁液飽滿
戀人們探詢一小段陌生的旅行
起航，沿著承諾的虛線滑雪
死去的櫻花彷彿在訴說
這是四月

詩尾巴

那天W畫了一張畫送我，
在紅色的海洋上碧綠的小舟像是能抵擋殺傷力最強的遺忘，
只是在緊緊擁抱時都忘記，
並不能永遠手牽著手過日子，
儘管記住了所有枝微末節的體溫，
吻後，仍須道別。

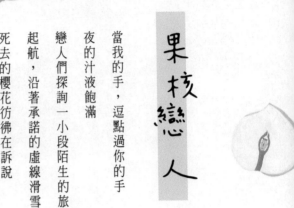

這是四月
夢遊者行經失憶的路口
預言的蟬聲紛紛走來
掛滿一樹嘹亮清脆的眼淚
有風，慢拍子的風
吹動左手小指勾著右手小指的預言

陽光中，窗子的界限裡
是誰輕輕笑著，並以耳語討論：
今天，如果複印了昨天
昨天，也許複印海浪裡天空的皺紋
我的手在你的手上刪節、出發
決定前往蔚藍的戰場

帶著櫻花與
融化的雪

前進，直到遇見夏天及其以後的種種
夏天：防禦的氣味
老去的雲在隱形的軌道上思考
每一個被蝴蝶吻過的
都不會忘記風
直到。八月

所有的人如此想念山上的雨
雨的線條裡藏著鑰匙，等候
戀人開啓

於是：世界銹腐如夜的墨色浸潤
我的手，握斷了你的手
虛構的果肉被分食、佔有

暗中。還有甜甜的歌在旅途
窗外閃過向日葵陽光、薰衣草風、玫瑰雨
即將天氣不好
戀人們學會以沉默交談：夢與飛行術
祝福和遺忘的臨界點上
一點點溫暖也是好的

當我的手，告別過你的手
六月的雪色質疑了過程
但這是夜：記憶的修辭學
戰場中廝殺著柔軟的吻與
櫻花氣味
世界旋轉如一個空白瞬間
而我的手，在你的掌中曾秘密遺留
一句無人可解的
臨時留言

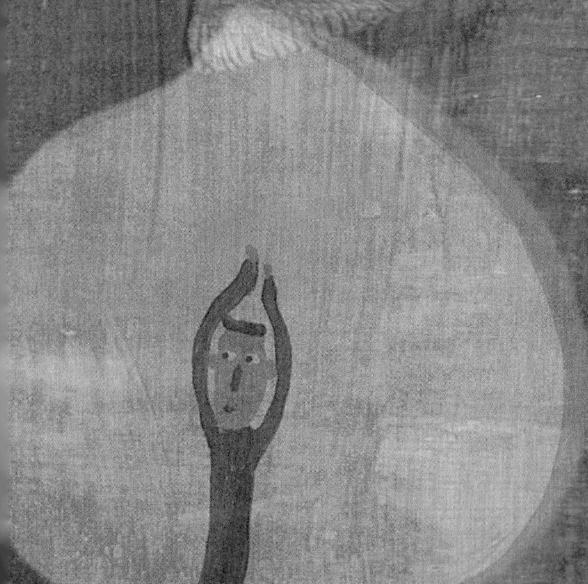

春岸

說起悲傷的時候
已經漸漸不那麼純粹了
那是因爲知道自己
不再是一個可以簡單去看海的少年
廣大的湛藍的海被無心地經過
在懵懂地轉瞬間
星月一沉　忽然就無比地年老
卻依然還想念可以眺望的岸
聽潮水喚來星光

詩尾巴

我等了一夜的流星，
卻只等到青春的殞落。
我等了一生的你，
卻只等到幸福的斑駁。

指尖上的露水豢養著貓
街巷底的小理髮店暗著
燈微微一盞
往下走就是海
漁船好騷動地想出發

浸在記憶裡的春天
如今是傾圮的港口
只有風，還是舊舊的溫柔

眼淚，還沒有發生

她走過的每一步昨天都像火
蝴蝶燃燒
如何還原未啓程的天空？

當少女時代的軸線傾斜
回憶起掩齒象和犀牛共同奔跑的史前
她想，將自己還原成歲月子宮裡的一枚受精卵
微笑的臍帶陸連著母體
當羊水退潮
以星光記載一千種默默的心跳

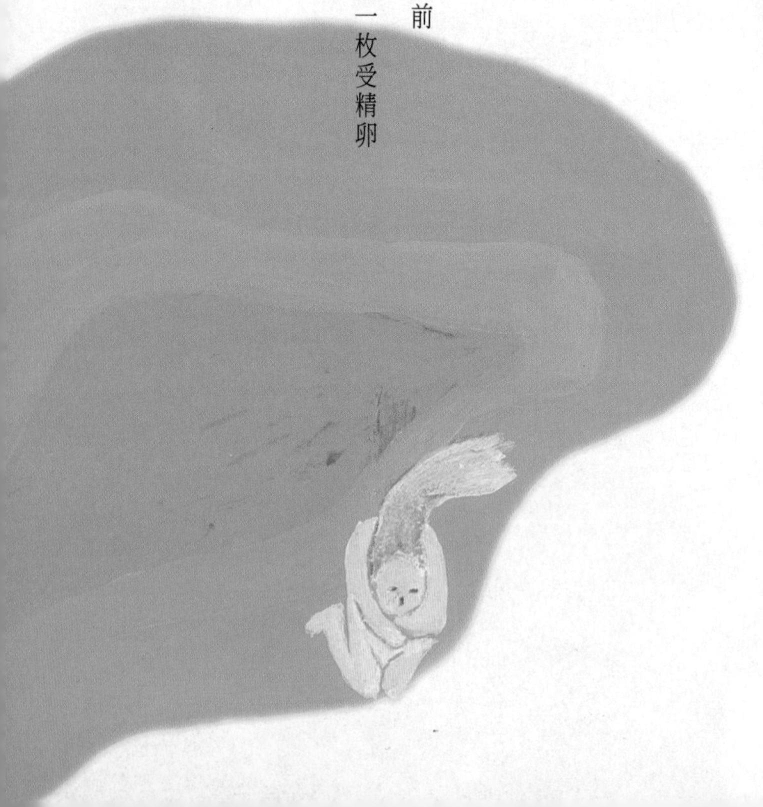

而眼淚是貝，在秘密地層內等待遠方
不同的，被呼喚，被給予的名字
名字是想像，是誤解，是定位
是日後故事上游的第一滴水

在越濮民族的蠻荒曲調中，她翻閱自己
如同閱讀一朵茁壯的
雲：一種古老的移動和暫居
敘事墨水啓程之前
她披著陽光的薄膜
踩過掩齒象和犀牛的糞便

詩尾巴

有一陣子讀台灣史，很努力地思考在歷史發生之前，
人們在想些什麼？有沒有其他更好的可能？
而現在我所踏過的土地，
又掩蓋著什麼不為人知的故事呢？

直到：
殖民風吹皺一盆暗喻幸福的海。

他走來。日光允諾：給她最美的出發
但顛沛流離地抵達

時光的河岸長鏡頭地
吹出憂傷的煙花

他喚她，伏耳魔殺：置於舌尖上的美麗
除了聲帶振動出未曾翻譯的疼惜
還透露著即將到來的咀嚼、吞噬
一冊口腹纏綿的羅曼史
她已經少女，卻不認識自己的胴體

不能被鏡子出的美，如礦，在掩藏中唱著
黑暗的光。

黑暗的光啊，他爲她配戴寶石
建築承諾城堡如同以爲不會傾圮的愛戀
她被迫，在不同的他身上流浪
記憶悄靜如尺，丈量著假與眞
短與長，深刻與遺忘
她繼續，在不同的他身上流浪
初次侵佔，再次侵佔
初次角逐，再次驅逐

愛情光復紀念日
愛情獨立紀念日
愛情投降紀念日
愛情革命紀念日
所有的器官都失去岸
所有的血液都流向海洋
所有的纏綿都成爲戰場
她在生命的版圖上被他割讓

曾牽手散步走過的花徑
撒滿枯萎誓言
她記得，他親手蓋起一幢陰影之屋
陽光底下聞不見陽光
花開，蝴蝶灰燼著暖暖四月
飽沛的乳房溢出成熟蜜香
她已能綻放聲音，以肉身彈奏
不能被攜帶的美，如稻浪，如茶芯，如硫黃
如森林，如鴉片，如蕉風，如獸畜的低語
在黑暗中唱著
騷動的光。

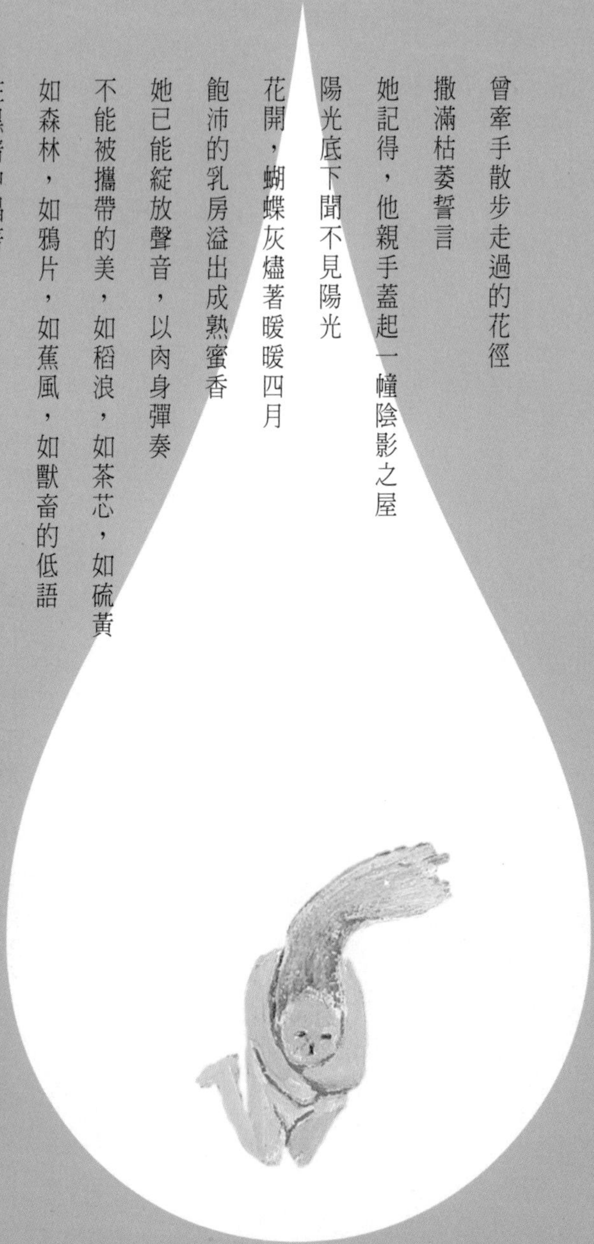

後來：
她仍選擇被選擇第一個他的懷抱
眼淚象形著句號
或者是開始呢？
或者其實是婚禮的咒咀？在雙人床上兩人並肩
細水長流的沉默流淌成
禁止通行的海峽
眼神的船隻不運輸微笑和試探
柴米油鹽是唯一共通語言
儘管寫法不同

而夜半，是誰敵意的窗子仍開著
當預言的風吹落大半座記憶森林的葉片

一場親密的殺戮會悄悄登陸嗎

她終於，將血的滋味藏於舌尖
吞下栽植多年的恐懼種子
蒼老且失去線索的嗓音尖叫成最後防線。

啊，如果如果，如果
她願意安靜躺睡在黑夜海洋上
如一座多夢之島

彼時：眼淚，還沒有發生

如果敵人來了

如果動物園裡沒有獅子沒有老虎沒有
長頸鹿，如果
在那之前。熟悉的字眼圍困所有城市的
出口，如果
我們在星期天說出第一句髒話
然後睡去。總會有些什麼來臨

詩尾巴

給自己的情書裡，不一定要有悲傷的字眼。
然而相思子花或許會明白，
我是從什麼樣的哀愁裡獨自走過。

一場雨，落在身後的窗子外面
打醒迷路的麻雀。我們私下蠱惑
記憶的把戲，通常，不甚迷人
於是翻身，睡扁一道皺紋
叫鬧鐘閉嘴。火車駛向童年田野
小路上的蝴蝶

眼淚被信紙承接在昨夜，關於死亡
想像說了一些。沉默說了一些。
我們用手和腳聆聽相同的音樂
向每一段字眼中的憂傷告別
如果沒有開始就不必結束

如果開始：

房間開始傾斜，往愛的身上倚靠
想念是一種復古的流行。輕盈和沉重
的臨界點上，陽光流動著
猜疑流動著。我們
在晚宴上分享彼此的背叛，用微笑
拭去眼角殘餘的信仰

拭去。過多的關心和溫暖。在籠裡
豢養螞蟻，或者孤獨
生活是一張多事的ＣＤ。是誰說：
都沒有快樂的歌嗎
翻遍了櫃子

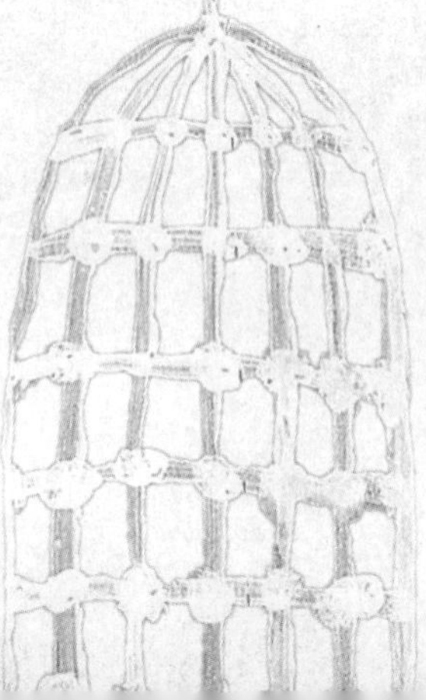

發現：只有咀嚼才是唯一的眞實
烹調欲望。吃吃吃吃，烘焙夢想
吃吃吃吃。吃掉一間屋子一條道路。吃吃
吃吃。吃掉日出，吃掉饑渴的，厭惡的。
吃掉餅乾。群衆的口水。一本書。

一個飽嗝之後。

已經有太多漂亮的話。我們的床重新
飄流在海上，路過第一次約會。第一次
分手。和權力約會，和青春期分手。
在城市邊緣的崗哨上，遇見

獅子老虎長頸鹿。牠們都長大成人
和你我並無兩樣
星期天早晨的第一句髒話於是
滾落唇邊。成爲修辭華美的
祝福：
如果敵人來了
如果敵人來了
如果是自己

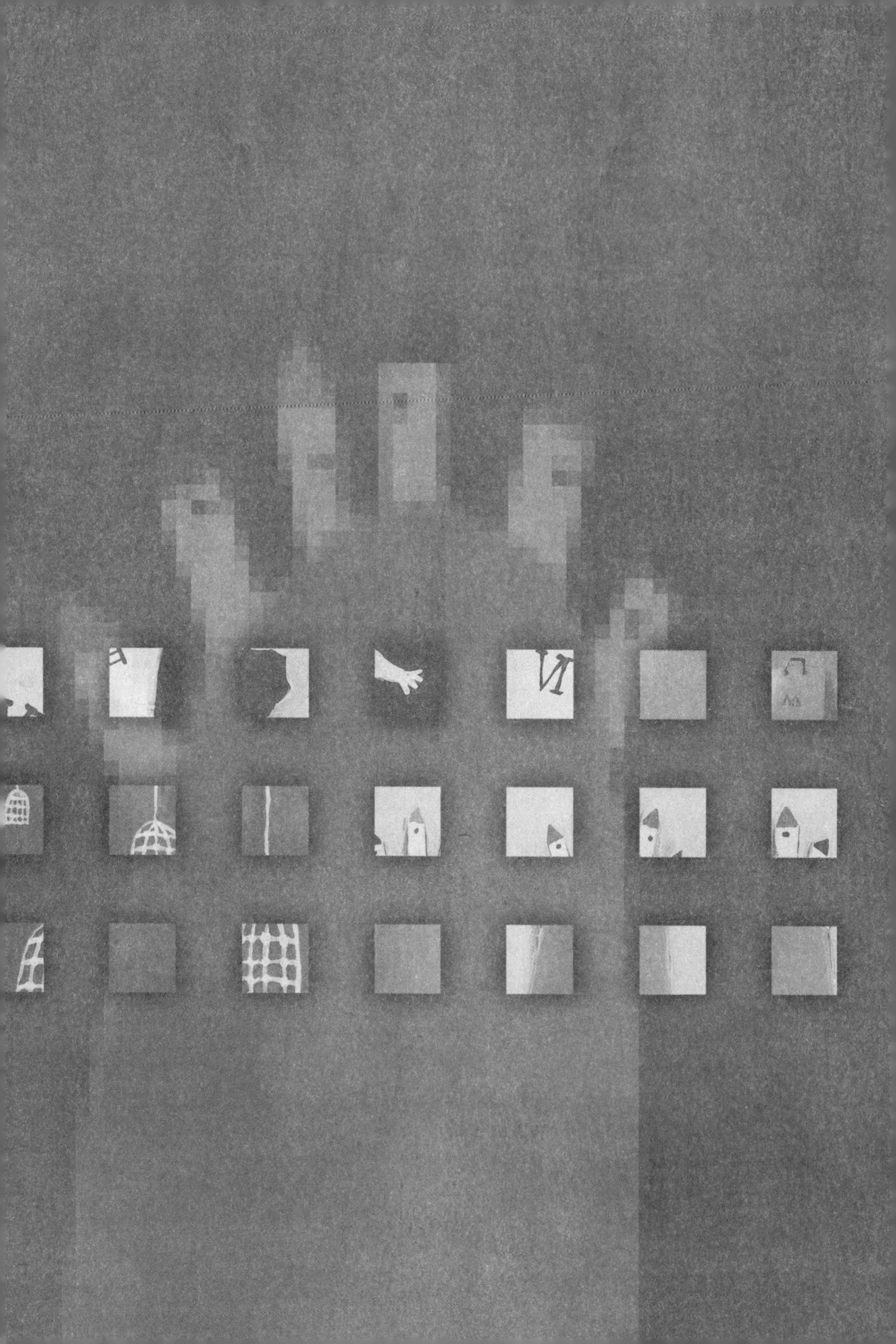

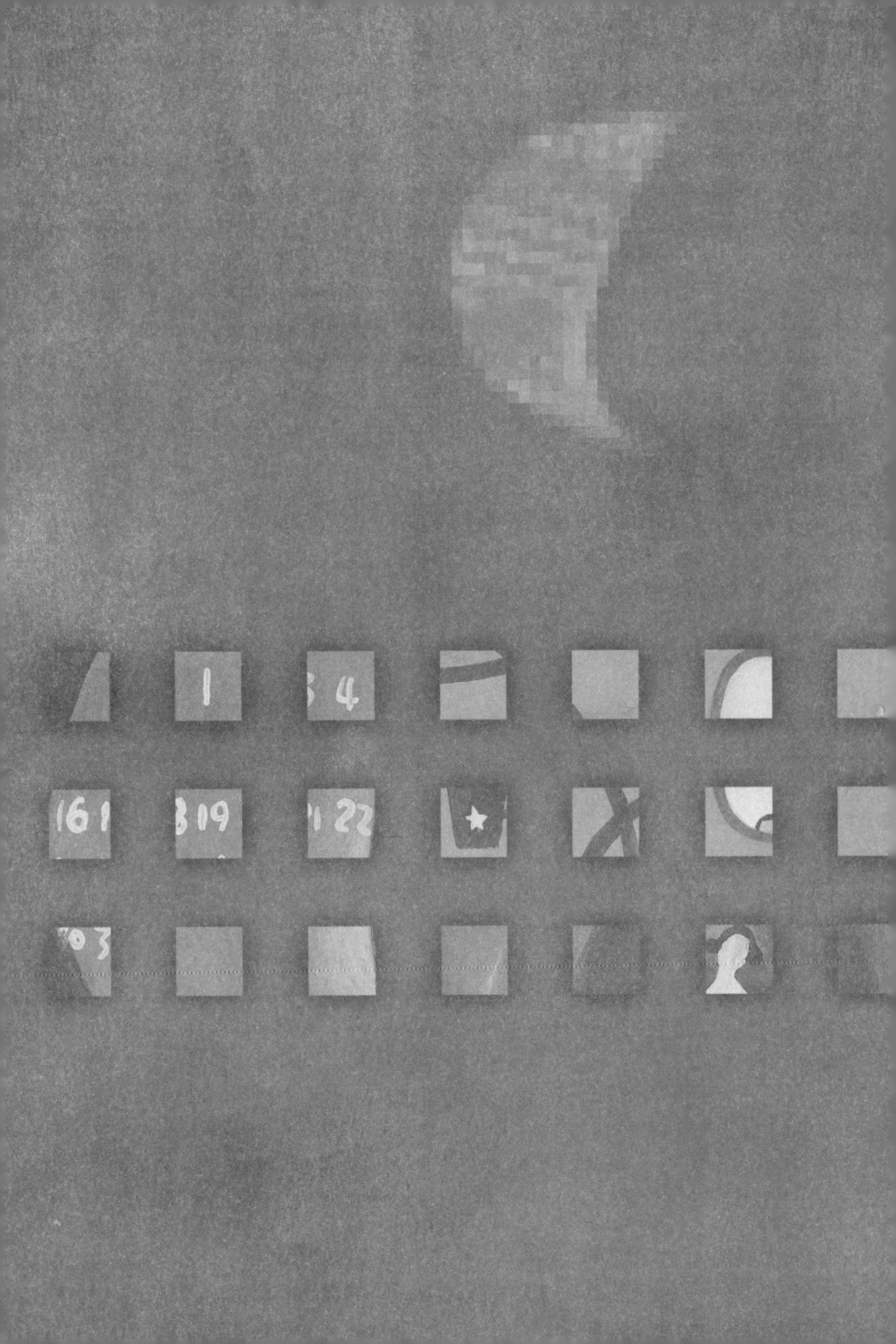

國家圖書館出版品預行編目資料

如果敵人來了／孫梓評作.--初版.--
臺北市：麥田出版：城邦文化發行，2001
〔民90〕
面；　公分.--（麥田新世代；23）

ISBN 957-469-290-6（平裝）

851.486　89019430